Geert der Große von Holstein

Novelle

Detlev Freiherr von Liliencron

copyright © 2023 Culturea éditions
Herausgeber: Culturea (34, Hérault)
Druck: BOD - In de Tarpen 42, Norderstedt (Deutschland)
Website: http://culturea.fr
Kontakt: infos@culturea.fr
ISBN:9791041933518
Veröffentlichungsdatum: FEBRUAR 2023
Layout und Design: https://reedsy.com/
Dieses Buch wurde mit der Schriftart Bauer Bodoni gesetzt.
Alle Rechte für alle Länder vorbehalten.
ER WIRT MIR GEBEN

Im Jahre 1314 hielt, am achten August, der älteste Sohn des verstorbenen Grafen Heinrich van Rendsburg, Gerhard, »junckher Gherken von Holsacen«, an der Südseite der hochgelegenen Kirche des Fleckens Kellinghusen. Bis hierher, bis an die Stör, grenzte im Süden sein Gebiet. Über die Stör hinüber, in Storman, regierte der Segeberger Zweig der Schauenburger.

Es war der Tag des heiligen Cyriacus, dem die Kirche in Kellinghusen geweiht war. Im Gotteshaus unter dem Erlöser am Marterholz hing in kleinerer Figur, schrecklich geschnitzt, der Heilige, nach unten gekreuzigt, wie es die Überlieferung aufbewahrt. Beide Qualhölzer waren über und über mit Blumen bekränzt und mit Ähren der beginnenden Ernte überflochten.

Alle Türen der Kirche standen an dem heißen, wundervollen Sommertage weit geöffnet. Ein ununterbrochenes Orgelspiel, in das von Zeit zu Zeit im hellsten Ton gesungene Hallelujas der rotgerockten Chorknaben einfielen, flutete bald leiser, bald lauter durch die Hallenkühle. Mehr einem fröhlichen Festgewimmel gleich, wogte es unausgesetzt im Innern. Marktweiber traten mit ihren Körben herein, verbeugten sich, bekreuzten sich, knieten, beteten und gingen wieder hinaus. Kinder und Hunde liefen oft spielend hindurch. Vor den verhangenen Beichtstühlen standen in fortwährender Abwechslung die Bewohner der kleinen Stadt und der umliegenden Dörfer. Gähnend, gutmütig lächelnd hörten hinter ihrem Gitterwerk die Priester das unschuldige Sündenverzeichnis an: kannten sie doch schon, daß ihnen stets das gleiche ins Ohr geflüstert wurde. Allerlei kleine Vergehen, süße Erinnerungen aus versteckten Lauben, alle die hundertfachen mehr oder minder schweren Herzbeklemmungen, die jedermann durch den Tag schleppt. Und immer wieder gaben sie Vergebung, hin und wieder geringe Strafen befehlend. Und in das frohe Volk mischten sich dann die Erleichterten, um an diesem Tage, wenn auch nicht gewollt, sich erst recht jener harmlosen Sünden zu unterziehen, deren Verzeihung ihnen eben geworden, denn es war der größte Tag des Jahres für das Städtchen: das Fest des heiligen Cyriacus, oder, wie bis zur heutigen Stunde genannt: der Cyriaux-Markt.

Unmittelbar um die Außenwände der Kirche drängte sich das ausgelassenste Leben. Hier zeigte »de Kierl ut Roma« seine Kunst. Er verschluckte Messer, ließ Schwerter mit der Spitze auf den Lippen in der Schwebe stehen und Eier und Pfannkuchen unter die Kappen der Bauern verschwinden. Dieses erstaunliche Kunststück erregte dann stets ein lautes Gelächter, wohl mehr über das verwunderte, mundgeöffnete Gesicht des guten Landmanns, als über die ihm unter die Mütze gezauberten Eier und Pfannkuchen. Zahlreich standen die Buden, bis weit in die Straßen hinein. Sie verkauften fast alles das, was noch heute an Jahrmärkten feilgeboten wird. Nur die Honigkuchen bildeten Figuren aller Art, in denen heidnische Anklänge noch leicht zu entdecken gewesen wären. Geräucherte Aale und »gele Appels ut Italia« (Apfelsinen) gab es schon damals; ihre Häute und Schalen zierten wie in unseren Tagen das Pflaster.

In einzelnen größeren Zelten wurde von früh morgens bis in die späteste Nacht hinein getanzt.

Graf Geert, der noch immer an der Südseite des Kirchleins hielt, liebkoste den Hals seines unruhig werdenden, dunkelbraunen Hengstes. Die Mähnen des Pferdes waren golddurchwirkt und mit roten Bändern durchflochten. Nun ruhten die Hände des »junckhern van Holsacen« auf dem Sattelknopf. Wie abwesend schaute er auf die weite Landschaft vor sich, die im Westen von den großen Itzehoer Waldungen, sich bis dicht an Kellinghusen heranziehend, begrenzt wurden. Im Süden und Südwesten lagen die Stör-Marschen. Über die kleine Kirche von Stellau sah er in die blaue Ferne, sehnsüchtig – denn das Land gehörte ihm nicht. Fuhr er aus seinem Brüten empor, warf er in die ihn umlagernde Jungenschar Kupfermünzen, sich lachend dann des drolligen Gebalges erfreuend.

Als die Mittagsglocken schlugen, erdröhnten Tamtams in der Kirche; ein schrilles Glöckchen tönte; die Orgel schwieg . . . Alles, drinnen und draußen, stürzte auf die Knie; und alles Lachen, Lärmen, Singen, Kreischen, all jenes Tonuntereinander, das die Kinder mit ihren erstandenen Pfeifen und Trompetchen unterstützten, hörte auf wie auf Kommando. Eine Totenstille trat ein. Käufer und Verkäufer, Trinker und Tänzer traten aus den Buden und Zelten auf die Straßen. Alles kniete. Und im feierlichen Zuge, voran wieder die rotgerockten Chorknaben, die bronzene Weihekesselchen schwangen, daß der blaue Rauch bis in die höchsten Lindenzweige zog, erschien, von einem jungen, finster blickenden Priester in hochgehobenen Händen getragen, eine kleine viereckige Silberlade. Das Kästchen enthielt

Ohrenschmalz (so!) der heiligen Jungfrau. Kellinghusen hatte ein wenig von dieser Masse dem Kloster Neumünster abgekauft.

Hinter dem Kästchen folgten andere Priester, dann der Kardinal-Erzbischof von Bremen, Giselbert von Bronchorst, der Oheim Graf Gerhards. Ein rotseidener, mit schweren goldenen Quasten gezierter Baldachin, der im Winde blähte, wurde ihm im Gehen übergehalten. Er segnete das kniende Volk, unter dem auch der vom Gaule gesprungene, den Zügel sich über die Schulter legende Geert sich tief vor ihm verneigte. Überall, wo das Kästchen vorüberzog, bekreuzte sich alles dreimal.

Der großgewachsene, hohe Kirchenfürst zeigte eine gewaltige Habichtsnase. Sein violettes Gewand reichte ihm bis auf die Fersen. Aus dem blauen Handschuh der Rechten glänzte der Bischofsring weithin in der Sonne. Dreimal umzog der Zug die Kirche und die Messe war beendet. Die Lustigkeit der marktfeiernden Menschen wurde nun nicht mehr unterbrochen.

Der Kardinal-Erzbischof war auf der Rückreise von Rendsburg, wo er seinen Neffen besucht hatte. Dieser hatte ihn bis hierher, an seine Landesgrenze, gebracht. Und da die beiden hohen Herren gerade den Haupttag des heiligen Cyriacus fanden, so hatte der geistliche Fürst es nicht versäumt, den Gläubigen selbst den Segen zu spenden.

Während des Umhertragens und Zeigens des Silberkästchens, als alle andächtig auf den Knien lagen, hatte Jan Bendixen, die Fegefeuer- und Höllenstrafen in den Wind schlagend, die Gelegenheit benutzt, so vielen Buden wie möglich von rückwärts her einen Besuch zu machen. Mit reicher Beute beladen, begab er sich in die Itzehoer Wälder, wo er an einer Waldwiese eine große Bande lagern wußte, die noch heute am Abend den Markttrubel benutzen wollte, um Kellinghusen zu überfallen und dann zu räubern und zu plündern.

Als der Kardinal-Erzbischof geschieden und schon mit seinem Gefolge hinter Bramstedt verschwunden sein mochte, ritt der junge Geert, eine Furt durchsetzend, bis an das Flüßchen Bramau bei dem Dorfe Wrist. Hier blieb er halten und sah angestrengt in die Ferne. In die Seele des Zwanzigjährigen drängten sich ehrgeizige Wünsche. Er bog sich vor, als wolle er mit seinen Augen das fremde Land, in dem er sich in diesem Augenblick befand, verschlingen. Kühn und energisch blitzte sein Blick. Als er zum Zurückreiten seinen Hengst wenden wollte, entdeckte er, an eine goldbraune Roggengarbe gelehnt, einen Mann mit unentzifferbarer Stirn. Er hatte das purpurrote Barett von den kurzgeschorenen, schwarzen Haaren genommen. Wie ein antikes Bild war es. Er schien ein Ritter zu sein. Vor sich, wie einst Hagen, ließ er sich auf dem rechten, angezogenen Knie sein langes, breites Schwert wiegen. Und wie in Hagens Schwert glänzte im Knauf ein grüner Edelstein.

Geert rief ihn an. Der Ritter erhob sich. Während er näher trat, fragte ihn Gerhard: »Wer bist du?«

»Hartwig Reventlow. Und du, ich brauche nicht zu fragen, wie du heißt. Du bist Graf Geert von Rendsburg. Ich sah's dir an, an deinen Augen, die Land fraßen, das dir nicht gehört. Ich bin auf dem Wege zu dir. Nimm mich in deine Dienste und ich will dir ein treuer Lebensbegleiter sein. Ich kann mich nur einem Herrn beugen, der Großes will.«

Geert betrachtete den Ritter erstaunt. Er kannte den Namen, er wußte, daß er einem erlauchten Geschlechte Holsteins gehöre. Er hatte auch gehört, daß Hartwig Reventlows Name in Verbindung gebracht war mit der Ermordung des Grafen Adolf von Segeberg.

»Doch ehe ich mit dir gehe, muß ich dir beichten.« Und der Ritter drängte sich dicht an Geerts Pferd hinan. Der Graf beugte sich. Und Hartwig Reventlow erzählte. Und als er geendet, hob er stolz das Haupt, und keine Schuld schien ihn zu belasten.

In letzter Abendsonne standen die beiden. Graf Geert und Hartwig Reventlow blieben zusammen auf immer.

In der Nähe der kleinen Stadt hörten sie wüsten Lärm zu sich herüberschallen. Sie hielten ihn für Markthallo. Bald aber zeigte ihnen ein brennendes Haus am Westende, daß das Getöse aus anderen Ursachen entstanden sein mußte. Ein Vorübereilender rief, mit den Händen entsetzt in der Luft fuchtelnd: »De swatte Möller! De swatte Möller!« Geert und Hartwig Reventlow wußten Bescheid. »Der schwarze Möller« war der gefürchtetste Bandenführer seiner Zeit. Seine Verstecke suchte er sich in dem großen, zusammenhängenden Walde, der sich von Hamburg bis Apenrade hinzog. Bald hier, bald dort überfiel er selbst kleine Städte, wenn ihm die passende Gelegenheit, Hochzeiten, Märkte, Feste überhaupt, bekannt geworden war. Bei den kläglichen Sicherheitszuständen jener Zeit, in der die Ritter, ja die Fürsten selber Rauben, Plündern, Brennen und Sengen als ein harmloses Freudchen betrachteten, war nur Selbsthilfe geboten. Ertönte der Schreckensruf: »De swatte Möller«, eilte jedermann zur Verteidigung. So war's auch in Kellinghusen geschehen. Nachdem das Dorf Overndorp geplündert, kam der Kampf auf dem Westende des Fleckens, auf dem Lehmberg, zum Stehen.

Allen voran kämpfte die Riesengestalt Hinrich Hingstorffs, des Bürgermeisters. Mit den ungeheuren Kräften, die ihm in Arm und Schultern steckten, umarmte er zuweilen einen Feind wie der Bär, daß dieser im wahren Sinne des Wortes zu Brei zerdrückt wurde.

Der schwarze Möller schien in der Überzahl. Da trafen rechtzeitig Geert und Hartwig ein und halfen dem Städtchen und seinem Prachtbürgermeister mit ihren nach Blut schreienden Flambergen. Während Hartwig mit seinem langen Schwerte Hinrich Hingstorff zur Seite sprang und ihn, den Bären, aus einem Knäuel von Räuberhunden befreite, stürzte sich der schlanke Geert auf den schwarzen Möller. Ihn niederreißend, setzte er den Fuß auf die Brust des Bandenführers und hieb ihm mit einem Schlage den Kopf ab.

In wilder Unordnung flohen die Strolche in den Wald zurück. Das landschaftlich reizend gelegene Städtchen war gerettet. Und nun gab es eines jener farbenprächtigen, farbenfreudigen Bilder des Mittelalters: Der schlanke, blonde Geert; rechts und links von ihm die Riesen Hartwig und Hinrich. Vor ihnen, vom alten guten Klaus Fock auf einer langen Stange getragen, das bluttröpfelnde Haupt des schwarzen Möllers. Und dann das jauchzende Volk. Das alles in den huschenden Lichtern der Fackeln, die auf den reichen, bunten Trachten der Ritter und Städter tanzten.

Der Bürgermeister bewirtete Geert und den Ritter. Sein bleiches, blondes Töchterchen, ein siebzehnjähriges Mädel mit großen, himmelblauen Augen, die sich zuweilen zu verschleiern schienen im Wimpernschutz, reichte Rüdesheimer. Bis an seinen Tod hat Geert die schöne Schenkin nicht vergessen können.

Wie Hartwig Reventlow, so ward auch Hinrich Hingstorff, durch eine eigentümliche Verkettung der Umstände, ein Lebensbegleiter Geerts. Und wie Hartwig, sozusagen, dessen Minister des Äußeren wurde, so Hinrich Hingstorff Minister des Inneren. Hinrich

Hingstorffs Verwaltungsgenie, das sich schon in dem kleinen Heimatgemeinwesen in glänzender Weise gezeigt, konnte seine Meisterwerke schaffen: als Kanzler leitete er zeitweise Schleswig-Holstein, Dänemark und die Ostseeküste bis nach Rügen hinauf. Immer sehen wir die drei zusammen: Geert, Hartwig und Hinrich.

Denken wir uns Gerhard während seiner Lebenszeit – er gelangte früh zur Regierung – allerseiten von angreifenden Wölfen umstellt, deren er sich in blitzschnellen Wendungen und mit gewaltigen Stößen und Hieben zu erwehren gehabt hätte, so wäre dies Bild nicht ganz falsch; besser freilich müssen wir uns ihn selber als Wolf vorstellen, der mit glühenden Augen, heißer Zunge, schärfsten Zähnen bald hier, bald dort in Herden und Hürden einbricht. Aber das Bild ist nicht schön für Geert. Wenn er auch seiner Zeit die Steuer zahlt an Roheit und Raufsucht und Rauflust, so zeigt er in jeder anderen Hinsicht die kernhafteste Mannesnatur, ein edles Herz. Klug, sehr klug, tapfer, auf *große* Ziele stets sein Auge richtend, im Unglück unverzagt und alle Kraft zusammenraffend, im Glück sich nicht berauschend, vor allem immer Maß zu halten wissend in politischen Fragen, so steht er vor uns. Und das ist für den Schleswig-Holsteiner der wichtigste Zug in seinem Charakter; er war es, der zuerst und bis zu seiner letzten Minute sein ganzes Streben darauf richtete, Schleswig und Holstein zu vereinen.

Schon zwei Jahrhunderte regierte das tüchtige, kräftige Haus der Schauenburger in Holstein. Niederdeutsche, Stammverwandte, hatten sie sich bald in Holsteins Art und Bart eingewöhnt.

Es ist eine Lust, die Männer des Schauenburgischen Hauses zu verfolgen. Fast ohne Ausnahme aus Eisen und Eichenholz gebaut in Seele und Körper, versumpften sie in dem abgelegenen Ländchen nicht; immer blieb ihnen, so sehr sie das »Länneken« unter sich teilten (»die Linien«, »die Vettern«) und teilen mußten, ein Zug ins Große, ins Bedeutende. In einigen von ihnen vereinigte sich gleichsam antike Größe und Einfachheit mit verschlagenster Indianerlist. Das Deutsche Reich, die deutschen Könige kümmerten sich wenig um das ferngelegene »Eisbärenland«. Sie überließen es den Schauenburgern, den immer auf der Lauer zum Einfall stehenden Dänen die Grenzstäbe fester und dichter zu ziehen oder, brachen die Jüten und Insulaner durch, ihnen die Nacken zu hämmern, daß sie grün und blau wieder zurückkehren mußten. Der vierte Alf (Adolf) hat in

Holstein 1227 bei Bornhöved der Dänenwirtschaft auf immer ein Ende gemacht. Aber unzählige Versuche zur Wiedererlangung der Herrschaft blieben bis in die Neuzeit nicht aus.

Das Deutsche Reich, die deutschen Könige und das Eisbärenländchen! Zu Gerhards Zeit rissen Ludwig von Bayern und Friedrich von Österreich sich um die Kaiserkrone. Und sie rissen sich an dem heißgewünschten, heißumkrallten Reifen die Finger blutig. Und sie rissen, rissen, und hinter ihnen, sich um den Leib fassend, rissen und rissen und rissen ihre Anhänger. Ein heiter Spielchen für die verehrlichen Zuschauer; und diese Zuschauer saßen in den Logen der Nachbarländer. Im Michelsreich wüteten große und kleine Raubkriege nebenher. Jeder stand auf eigenen Füßen, so gut er konnte. Der liebenswürdige, gütige, heitere Kaiser Friedrich der Erste, dem der Humor ein munteres Begleitfähnchen durchs Leben gewesen ist, sah wohl noch hin nach Norden, aber Italien und die Zänkereien mit seinen Großen ließen ihm nicht die Ruhe, sich mit den nordischen Angelegenheiten so zu beschäftigen, wie es wohl in seiner Absicht gelegen hatte.

Ihm folgte sein Sohn, der sechste Heinrich. Heinrich der Schreckliche. Nicht in Alexanders, nicht in Cäsars, nicht in Väterchens (Attilas), nicht in Napoleons Seele haben so die Dämonen des Ruhmes, der Weltherrschaft getobt, wie bei Heinrich dem Sechsten. Aber deutsch war er wie sein Vater. Daß wir es nie vergessen: Heinrich wollte eine Weltherrschaft von Deutschland aus, der ersten Macht. Seine Gedanken gingen ins Ungeheure, und es ist nicht abzusehen, was er erreicht, hätte er nicht nach heißem Ritt zu hastig den Becher unter den eisigen Quell gehalten.

Des furchtbaren Heinrichs Sohn war wieder der frohmutige Atheist Friedrich der Zweite. Der aber war ganz Italiener, Sizilianer, Sarazene. Der lehrte seine Pagen die Zither spielen, ließ sich, wie einst Salomo, von hunderten schöner morgenländischer Weiber Tag und Nacht umgeben; schrieb das beste Buch, das wir bis heute haben, über Falkenzucht und Falkenjagd, und blieb doch der deutsche König bis an seinen Tod. Hatten schon sein Großvater und sein Vater sich wenig um die Schicksale der nordischen Mark bekümmert, so trieb er es so weit, daß er Holstein, bis auf Lübeck, preisgab. Und doch war seine Mutter, Konstanze, die letzte sizilianische Normannin. Und auf norwegischen Felsen, in norwegischen Fjorden, in holsteinischen Heiden hatten ihre Vorfahren gewohnt.

So waren die Schauenburger auf sich selbst gestellt. Ihre Klugheit mußte ihnen sagen, mit wem sie sich am besten zu den jeweilig zu verfolgenden Zwecken verbinden mußten; und sie verbanden sich bald mit dem, bald mit diesem. So erscheinen die Namen der Brandenburger, Pommern, Mecklenburger, ja selbst der Dithmarschen, zuweilen der Städte, der »lieben Vettern« (wenn nicht gerade Katzbalgerei unter ihnen war), der Lauenburger, Sachsen. Alle diese Namen spielen fortwährend hinein in die Geschichte der Schauenburger. Und namentlich außer den Dänen sind die meistgehörten: die lieben Vettern, der holsteinische Uradel, Lübeck, die Dithmarschen und die oft recht unbequeme Kirche.

Die lieben Vettern! Das war ein ewiges Teilen, das war ein ewiges Knurren, wie bei Hunden, die aus einer Schüssel fressen, das war ein ewiges Gegen- oder Mitverbinden, Argwöhnen, Hinterhaltstellen, Verklagen, Hinschielen: ob da wohl Erben kommen? Rücksichtsloses Einziehen des Landesteiles, sowie ein »Vetter« nur auf kurze Zeit in die Nachbarschaft ging. So sah's zu Gerhards Jugendzeit aus. Fünf Linien regierten: In Kiel der unglückliche Johann der Einäugige. In Plön Gerhard der Blinde: ein Mordskerl, satanisch klug, Alleswisser, tapfer, tollkühn (es lacht uns das Herz, wenn wir von ihm lesen, wie er bis in sein Alter sich aufs Pferd schnallen ließ, und mit lautem Gebrüll, trotz seines erloschenen Augenlichtes, sich in den Feind stürzt). Dem folgt sein Sohn Johann (Henneke) der – Milde genannt, wahrscheinlich seiner Tücke und Treulosigkeit wegen. Dann die anderen Vettern, der Segeberger und der Überelbische.

Der holsteinische Uradel! Potz tausend, das waren Herren, die kehrten sich an gar nichts. Paßte es ihnen, verbanden sie sich mit den Schauenburgern, mit den Städten, mit den Dithmarschen – nur nie mit den Dänen. Wild, wie ungestüme Auerochsen, mit mächtigen Schädeln und Schilden, mit ungeheuren Trinkhörnern und Humpen, mit riesigen Speeren und Sporen. Raub- und wegelagerlustig vergnügten sie sich mit höchster Ungeniertheit in den »vetterlichen« Teilen. Namentlich auch zur See zeigten sie jene wunderbare Liebesneigung nach kaufmännischen Waren. Ich lasse Berblingers mit köstlichem Humor geschriebenen Sätze folgen: »Sehr beliebt waren bei solchen adligen (See-) Raubzügen die Kompaniegeschäfte, so sehen wir Heyno Brockdorp und Heyno Hund oft im ritterlichen Sport vereinigt die Ostsee durchstreifen, bald an der Travemündung, bald im Fehmarnsund, bald bei Moen. Beide machten gelegentlich mit Marquard Stove gemeinsame Geschäfte. Ein ähnliches Konsortium bildeten Benediktus Alevelde und Bertram Kule; gelegentlich tritt auch der episcopus Roscyldensis als Associé ein. Häufig finden wir ein Brüderpaar wie Imeke und Hinrich Santbergh, einen Heinrich und Henneke Breide; einen Timmo und Doso Gadendorp, die Krummendieks (und andere) vereinigt.« So der Adel: Mit Schiff und Schwert gleich vertraut, schütteten sie, Holsteiner überall, ihre Überkraft ab, wo sie Gelegenheit fanden.

Lübeck! Ein anderer Ton als Hamburg. Hamburg von jeher die Butter- und Beefsteakstadt. In Lübeck große Politik, große Männer, große Ziele. Ganz gleich, mit wem sie im Kampfe war. Drei Königen zugleich wird einmal der Krieg erklärt. Lübecks Todfeinde sind die Schauenburger, daher oft verbündet mit dem Adel, mit Dänemark, ja selbst mit den bitter gehaßten Dithmarschen, mit den Städten, mit den Nachbarländern; denn sie kannte die sehnlichsten Wünsche der Alfe, Johanns und Geerte, von diesen verschluckt zu werden.

Die Dithmarschen! Erst den Oldenburgern gelang es endlich, das »Länneken deep« sich einzuverleiben. Die Schauenburger versuchten es zu wiederholten Malen vergeblich.

Die Kirche! Die Gewaltigen beugten sich, die Alfe, Johanns und Geerte, natürlich nur dann, wenn es in ihrem Vorteil lag. Bei der Weltmacht des Papstes aber wagten sie sich nicht geradezu aufzulehnen. Ja, selbst der große Gerhard, so frei er in kirchlichen Dingen denken mochte, tat Buße einst auf kalten Fliesen in Hemd und bloßen Füßen.

Geht der Vorhang auf zum Leben Geerts, so hören wir von vornherein bis an seinen Tod Eisengeklirr und Kriegstrompeten, sehen wir brennende Städte und Dörfer und allerlei Kleinigkeiten nebenher: Augenausstecherei, abgehackte Hände und Füße, weggeschnittene Ohren und Zungen. Er selbst steht immer im Mittelpunkt; überall im Panzer, stiertüchtig an Kraft, wo's gilt, klug und schlau, und vor allem: immer maßhaltend. Goethes Wort. das er der Kunst sprach, gilt auch für die Politik: »Erst in der Beschränkung zeigt sich der Meister.«

1304 starb Heinrich der Erste von Rendsburg, und Geert, minderjährig, übernahm die Regierung. Schon 1306, noch nicht fünfzehn Jahre alt, bestieg er das Schlachtroß zum erstenmal und zog dem hohnlachenden, eigensinnigen Adel, der sich diesmal mit den Dithmarschen vereinigt hatte, entgegen. Er schlug ihn bei Ütersen gründlich. Mit eichengeschmücktem Helme ritt er wieder in Rendsburg ein.

1315 fiel ihm die Kieler Herrschaft zu; der unglückliche Johann (»he hedde man een Oog, dat anner kniep he giern to,« wie eine Chronik naiv sagt) war erbenlos gestorben. Abscheulich hatte den alten Mann der ostholsteinische Adel behandelt, ihn endlich gefangen genommen. Die »Vettern« natürlich freuten sich im stillen sehr. Das ist so menschlich natürlich.

Bei der Kieler Verteilung war Adolf der Schauenburgische, der linkselbische übergangen worden. Zornig deshalb, verband er sich mit einigen Bundesgenossen, unter denen diesmal die Dithmarschen waren. Während nun die Dithmarschen, nach Feldzugsplan, sich auf Kiel in Bewegung setzten, erwartete Adolf seinen lieben Bundesbruder Günzel von Wittenberg. Aber ehe diese sich vereinigen konnten, nahm Gerhard Günzel gefangen. Dann wandte er sich gegen Vetter Adolf und schlug diesen bei Bramstedt nach heißem Ringen. Auch der »liebe Vetter« wurde gefangen und mußte mit Günzel im Schlangenturm sitzen und Buchweizenklöße essen.

Während Geert im Süden und Westen kämpfte und rang und siegte, hatten die Dithmarschen mit ihren Elefantenfüßen Holstein durchstampft und zerstampft und sengten und plünderten auf Kiel zu. Es ist nicht klar ersichtlich, wie diese gute, frohlebige Stadt sich der Riesenschar erwehrt hat. Auf alle Fälle muß ein kluger Ratgeber, ein Odysseus hier gewohnt haben. Es geht die Sage, daß die Kieler den Ungetümen vor die Stadt entgegen gingen, sie hier bis auf den Kuhberg (ad vaccarum montem cum cantu et fistula) lockten, dort bewirteten, betrunken und sich mit Geld frei machten und ihnen mit: »Ei, ei, ihr Schäfchen, was seid ihr für nette, kleine Leutchen« die Bärte krauten. Geschichtlich ist, daß die Mammute dann die furchtbaren Pettfüße wirklich wieder nach Süden wandten, unter unglaublichen Würgereien und Brennereien Bornhöved und Neumünster verwüsteten und sich, in völliger Auflösung, endlich besoffen um Nortorf gruppierten. Hier fand sie Geert. Um sie zu täuschen, machte er das Manöver des Schottenkönigs Malcolm nach: er ließ seine Krieger von unten bis oben mit grünen Zweigen behängen und marschierte dann, ein wandelnder Wald, gegen die Verschlemmten. Die Enakssöhne, vollgefressen und vollgesoffen, lagen wie verdauende Boas. So war's denn ein bequemes Abwürgen und Abschlachten für Geert.

Und abermals ritt er als eichengeschmückter Sieger ein in seine Hauptstadt Rendsburg.

In dieser Fehde hatten Hartwig Reventlow und Hinrich Hingstorff ihm schon dicht zur Seite gestritten. Hartwig schwang sein Hagenschwert, der Stahlarm Hinrichs die Axt wie einen Löffelstiel. Eia!

Der Dithmarschen-Trott auf Kiel bot Geert die beste Gelegenheit, den Rachezug anzutreten, um sich endlich dieses Ländchen zu erobern; vergebens hatten das seine Vorfahren versucht.

Als er die Kriegspauken gegen die Marschen erdröhnen ließ, eilten selbstverständlich die Ritterschaft und die nächsten Fürsten herbei. Der Reichtum lockte.

Geert brach mit seinen Truppen im September 1319 ein, schlug die Meeranwohner und ließ zum Plündern sich seine Scharen zerstreuen. Abteilungen von diesen kamen nach Wöhrden und schlossen hier die geflüchteten Dithmarschen in die Kirche ein, zündeten diese an, um die darinnen Weilenden zu verbrennen. Das war zu viel: Als ihnen das geschmolzene Blei auf die Köpfe floß, stürzten sie, außer sich, hinaus. Und nun begann das umgekehrte Totmachen.

Geert ist bei dieser Abscheulichkeit nicht zugegen gewesen. Bitter hatte er es zu bereuen, seine Soldaten nicht beisammen gehalten zu haben. Mit genauer Not, nachdem er einen meisterhaften Rückzug ausgeführt hatte, entrann er. Und wieder hatten die Dithmarschen ihr Vaterland gerettet.

Während der Bischof von Lübeck sich wegen irgend einer Angelegenheit bei seinem zur Zeit in Avignon anwesenden Erzbischof zu verantworten hatte, erschien lüstern die umliegende Ritterschaft. Voran das »prominente« Geschlecht der Westensees. Eia, nun ging der lustige Viehraub los in den lübischen Dörfern. Und, nur zu verstehen aus den damaligen Zeitläuften und Zuständen, auch Geert erschien und half wacker mit im Beutelleichtermachen, Vieheinziehungen, Rotenhahnaufsetzungen. Natürlich ihm rechts und links Hartwig und Hinrich. Das war einmal so.

Ja, eia! Aber das frischfröhliche Eia erstickte bald, denn der zweiundzwanzigste Papst Johann schrie, als ihm die Räubereien gemeldet wurden, Zeter und Mordio, schleuderte Bannstrahlen, spie Wut und rief, daß es Geert und seine wackeren Kumpane in Holstein hörten: »Ewige Höllenstrafen, ewiges Fegefeuer!«

Geert und die Ritter, trotz alledem abergläubisch wie Köchinnen, wenn sie bei Wahrsagerinnen sind, krochen zu Kreuz und zahlten Schadenersatz. Und das Unerhörte geschah: Gerhard und seine Kameraden mußten vor dem zurückgekehrten Lübecker Bischof, barfuß, nur im Hemd, Lichter tragend, durch den langen Gang in der Marienkirche wandern auf den Priester am Hochaltar zu, der, erhöht stehend, mit kaum zu bändigendem höhnischem Lächeln sie auf sich zukommen sah.

Die Dänen.

Als 1325 Herzog Erich von Schleswig, aus dem alten Robben- und Heringe-Stamm der jütischen Seekönige, starb, hinterließ er einen elfjährigen Sohn, den Prinzen Waldemar. Waldemars Mutter war Geerts Schwester. Sofort erhob der Dänenkönig Christoph Anspruch auf die Vormundschaft. Gerhard verweigerte dies. Der König belagert, als Antwort, Gottorp in Schleswig. Gerhard trifft ihn dort und schlägt ihn. Mit einemmal steht der ganze nordische Himmel in Brand; seine Flammen zucken bis Island hin. Gerhard verbündet sich, der König verbündet sich mit Waffenbrüdern, die sich bald trennen in Todfeindschaft, sich bald wieder treffen zum abermaligen Seite-an-Seite-Kämpfen. In all dem Wirrwarr, immer in Begleitung Hartwigs und Hinrichs, des Schwertes und der Axt, steht Gerhard klarsten Blickes. Sieht er einen Fehler des Feindes, dann fliegt er vor, stößt er wie ein Raubvogel. Alles brennt bis nach Rügen hinauf. Alle Städte zittern, Hamburg obenan, das bei diesem Durcheinander gar zu gern im Trüben gefischt hätte. Nur Lübeck und die Dithmarschen ziehen Vorteil. Schon 1326 kommt es zur Entscheidung. Christoph, der des Teufels Schwiegermutter, um ein beliebtes »Witzwort« unserer Tage nicht zu versäumen, mit in den Kauf genommen, hätte ihm diese helfen können, bettelt überall um Beistand. Vergebens. Schon steht Gerhard auf den dänischen Inseln, schlägt alles, was ihm entgegentritt, zu Boden; nimmt den Kronprinzen Erich gefangen. Er ist Sieger von Skagen bis Danzig. König Christoph flieht nach Deutschland.

Am siebenten Juni desselben Jahres schon läßt Geert seinen Neffen, den zwölfjährigen Waldemar als König von Dänemark ausrufen. Alles liegt ihm zu Füßen. *Seine* Vorteilbedingung: Schleswig ist mit Holstein vereinigt.

Keiner wußte besser als der Rendsburger, daß ein ewiger Frieden auf Erden ein Unding ist. So blieb er auf Vorposten; ließ Harnisch und Bügel nicht rosten.

Vetter Henneke von Plön hatte das alles mit eifersüchtigem Blick verfolgt. Schließlich, als er den Neid nicht mehr zu verbergen wußte, verband er sich mit dem entthronten Christoph zu Lübeck. Der Krieg begann von neuem. Geert siegte zum zweitenmal bei Gottorp.

Und wieder war es Vetter Henneke, der den Frieden brach. Es kam 1331 auf der Lohheide bei Rendsburg zur Schlacht. Gerhard verlor im Handgemenge das Pferd unterm Leibe, ward verwundet. Hartwig und Hinrich rissen ihn heraus. Voller Inbrunst küßte Geert das Bild der heiligen Jungfrau, das an seinem Halse hing, und raste, trotz seiner Wunde, weiter ins Gefecht. Und wieder stürzte er. Diesmal zog ihn ein Bauer unter dem sich wälzenden Gaul hervor und half ihm wieder in den Sattel: »So, Herr, nun reit wieder zu.« Endlich siegte Geert. Christoph und sein schwerverwundeter Sohn Erich flohen nach Kiel.

Dem Grafen lag abermals ganz Dänemark zu Füßen. Klug aber beschied er sich, blieb maßvoll in dem zu Kiel geschlossenen Frieden.

Doch schon nach zwei Jahren kam es zu neuem Kriege: Prinz Otto, einer der Söhne Christophs, war aus der Verbannung nach Jütland gekommen, sammelte ein Heer und griff Gerhard, der ihm entgegengezogen war, bei Viborg an. Geert blieb Sieger, wie stets. Die Einmischung des deutschen Königs, Ludwigs, hatte kein Ergebnis.

Wenn ein außergewöhnlicher Mensch, ein Genie, seinen einsamen Weg geht durch die Massenherde der Menschen, findet er Hindernisse überall. Der Neid, das Zaunkönigsgeschrei, das Philistertum, die Engherzigkeit und Kleindenkungsart stemmen sich ihm entgegen. So auch erging es dem großen Grafen. Doch ehe ihn seine zahlreichen Feinde überrumpelten, kam er ihnen zuvor. In Eilmärschen brach er nach Jütland auf und – siegte wie immer.

In Randers stand unsichtbar der Tod vor Geert. Als er dort, nach kurzer Krankheit, sich wieder erheben wollte, stachen ihn nächtens gedungene dänische Meuchelmörder nieder.

Geerts Söhne, Heinrich der Eiserne und Klaus der Bauer, waren, wie ihr Vater, von großem Sinne. Den einen brachte sein Schwert, der Krieg, zu höchsten Ehren; den andern sein Pflug, der Friede.

1460 erlosch in Adolf dem Achten das geniale, kühne Haus der Schauenburger. Nie ohne Rührung lese ich über diesen letzten Großen seines Geschlechts. Er war einer jener Männer, wie sie so selten über die Erde gehen, mit dem stillen Blick und dem stillen Lächeln: »Ich weiß, ich weiß . . .«

Und dann traten die Oldenburger in die dänische und schleswig-
holsteinische Geschichte ein; und traten ein mit »den smukke
Christjern«.